A voz do mestre

A voz do mestre

Khalil Gibran

TRADUÇÃO
Mariana Mesquita Santana

AJNA

Vim dizer uma palavra e a direi agora.
Mas se a morte me impedir, ela será
dita pelo amanhã, pois o amanhã jamais
deixa segredo no livro da eternidade.

Vim para viver na glória do amor e na luz
da beleza, que são os reflexos de Deus.
Estou aqui, vivo, e não posso ser exilado
do domínio da vida, pois através de
minha palavra viva viverei na morte.

Vim aqui ser para todos e com todos,
e o que faço hoje em minha solidão
será ecoado amanhã pela multidão.

O que digo agora com um coração será
dito amanhã por milhares de corações.

Khalil Gibran

PRIMEIRA PARTE
O mestre e o discípulo 13

A viagem do mestre a Veneza 15
A morte do mestre 34

SEGUNDA PARTE
As palavras do mestre 51

Da vida 53
Dos mártires da lei dos homens 57
Pensamentos e meditações 59
Do primeiro olhar 63
Da divindade do homem 68
Da razão e do conhecimento 72
Da música 78

Da sabedoria   84

Do amor e da igualdade   89

Outros ensinamentos do mestre   94

O ouvinte   99

Amor e juventude   105

A sabedoria e eu   109

As duas cidades   115

A natureza e o ser humano   120

A feiticeira   123

Juventude e esperança   126

Ressurreição   133

PRIMEIRA PARTE

—

O mestre e o discípulo

1
A viagem do mestre a Veneza

O discípulo viu o mestre caminhando em silêncio de um lado para o outro no jardim, seu pálido semblante revelava sinais de profunda tristeza. Saudando o mestre em nome de Alá, o discípulo perguntou o motivo de seu pesar. O mestre acenou com seu cajado e pediu ao discípulo que se sentasse na pedra ao lado da lagoa. O discípulo assim o fez e se dispôs a escutar o relato do mestre.

Disse o mestre:

"Seu anseio é que eu lhe conte a tragédia que a memória encena dia e noite no palco de meu coração. Está cansado de meu longo silêncio e de meu segredo guardado, perturbado com meus suspiros e lamentos. Você diz a si mesmo: 'Se o mestre não me admitir no templo de suas tristezas, como poderei ingressar na casa de suas afeições?'.

"Ouça a minha história. Escute, porém não se compadeça de mim, pois a compaixão é destinada aos fracos, e ainda sou forte em minha aflição.

"Desde a minha juventude tenho sido assombrado, dormindo ou acordado, pelo fantasma de uma mulher desconhecida. Eu a vejo sentada ao meu lado quando estou sozinho à noite. No silêncio da meia-noite, ouço sua voz celestial. Muitas vezes, ao fechar os olhos, sinto o toque suave de seus dedos em meus lábios e, ao abri-los, sou dominado por um pavor e, subitamente, começo a ouvir atento os sussurros do nada...

"Tantas vezes, me espanto pensando comigo mesmo, 'Será minha fantasia que me faz girar até parecer que me perco nas nuvens? Das nervuras dos meus sonhos, terei fabricado uma nova divindade de voz melodiosa e de toque delicado? Terei perdido o juízo e, em minha loucura, criado essa companheira amada? Terei me afastado da sociedade e do clamor da cidade de maneira a ficar a sós com o objeto de minha adoração? Terei fechado os olhos e selado os ouvidos diante das formas e expressões da vida para poder vê-la melhor e ouvir sua voz divina?'.

"Muitas vezes, me surpreendo pensando: 'Serei eu um louco que se contenta em estar sozinho e, dos fantasmas de sua solidão, cria uma companheira e esposa para a sua alma?'.

"Falo de uma *esposa* e você se espanta com essa palavra. Porém quantas vezes ficamos intrigados diante de uma experiência estranha, que rejeitamos como impossível, mas cuja realidade não podemos apagar de nossa mente, não importa o quanto tentemos?

"Essa mulher imaginária realmente tem sido minha esposa, compartilhando comigo todas as alegrias e tristezas da vida. Ao despertar de manhã, vejo-a inclinada sobre meu travesseiro, fitando-me com olhos repletos de bondade e amor maternal. Ela está ao meu lado quando planejo alguma atividade e me ajuda a realizá-la. Quando me sento para a refeição, ela se senta comigo e trocamos pensamentos e palavras. À noite, ela está novamente comigo, dizendo, 'Permanecemos tempo demais neste lugar. Vamos caminhar pelos campos e prados'. Então interrompo meu trabalho e sigo com ela pelos campos, nos sentamos num rochedo e apreciamos o horizonte distante. Ela aponta para a nuvem dourada e me faz atentar para o canto dos pássaros antes de se recolherem para dormir, agradecendo ao Senhor pela dádiva da liberdade e da paz.

"Muitas vezes ela vem ao meu quarto quando estou ansioso e perturbado. Mas tão logo a vejo, todos os problemas e as preocupações se transformam em alegria e calma. Quando o meu espírito se rebela contra a injustiça que os homens praticam contra seus semelhantes, e vejo o rosto dela em meio a outros dos quais eu fugiria, a tempestade em meu coração se acalma e é substituída pela voz celestial da paz. Quando estou sozinho, os dardos amargos da vida apunhalam meu coração e me encontro acorrentado à terra pelos grilhões da vida, observo minha companheira a me fitar com olhos repletos de amor, fazendo a tristeza se transformar em alegria e a vida parecer um Éden de felicidade.

"Você talvez se pergunte como posso me contentar com tal estranha existência e como pode um homem como eu, na primavera da vida, encontrar alegria em fantasmas e sonhos. Digo-lhe que os anos que passei nesse estado são a base de tudo que aprendi a respeito da vida, da beleza, da felicidade e da paz.

"Pois a companheira de minha imaginação e eu temos sido como pensamentos pairando livremente diante da face do sol ou flutuando na superfície das águas, cantando uma canção ao luar – uma canção de paz que conforta o espírito e o conduz a uma beleza inefável.

"A vida é aquilo que vemos e experimentamos através do espírito, mas é por meio do entendimento e da razão que passamos a conhecer o mundo ao nosso redor. E tal conhecimento nos traz grande alegria ou tristeza. Era a tristeza que eu estava destinado a experimentar antes de ter completado os trinta anos. Quem dera eu tivesse morrido antes de atingir os anos que drenaram o sangue de meu coração e a seiva de minha vida, deixando-me como uma árvore seca cujos galhos não se movem mais com a brisa atrevida e onde os pássaros já não constroem seus ninhos."

O mestre fez uma pausa e, sentando-se ao lado de seu discípulo, continuou:

"Vinte anos atrás, o governador de Monte Líbano me enviou a Veneza numa missão de estudos, com uma carta de recomendação ao prefeito da cidade, o qual ele conhecera em Constantinopla. Deixei o Líbano num navio italiano, partindo no mês de Nissan*. O ar da primavera era perfumado, e as nuvens brancas pairavam sobre o horizonte tal como belas pinturas. Como posso lhes descrever o entusiasmo que senti durante a viagem? As palavras são demasiadamente pobres e insuficien-

---

* O primeiro mês de 30 dias do calendário religioso judaico (sétimo mês do calendário civil), que se inicia com a primeira lua nova da época da cevada madura em Israel. (N. T.)

tes para expressar os sentimentos mais profundos do coração humano.

"Os anos que passei ao lado de minha sublime companheira foram repletos de satisfação, alegria e paz. Nunca suspeitei que a dor estivesse à minha espera ou que a amargura espreitasse no fundo do meu cálice de alegria.

"Enquanto a carruagem me levava para longe das colinas e dos vales da minha terra natal em direção ao litoral, minha companheira permaneceu sentada ao me lado. Ela esteve comigo durante os três dias alegres que passei em Beirute, caminhando pela cidade, parando onde eu parava, sorrindo quando um amigo me saudava.

"Quando me sentei na sacada da taverna, contemplando de cima a cidade, ela me acompanhou em meus devaneios.

"Quando, porém, eu estava prestes a embarcar, uma grande transformação se abateu sobre mim. Senti uma mão estranha me agarrando e me puxando para trás e ouvi uma voz dentro de mim sussurrando: 'Retorne! Não vá! Volte para a praia antes que o navio zarpe!'.

"Não dei ouvidos a essa voz. Mas, quando a embarcação içou as velas, senti-me como um passarinho preso subitamente entre as garras de um falcão e sendo levado pelos ares.

"Ao cair da noite, quando as montanhas e colinas do Líbano ficaram para trás no horizonte, me vi sozinho na proa do navio. Procurei ao redor a mulher dos meus sonhos, a mulher que meu coração amava, a companheira dos meus dias, mas ela não estava mais ao meu lado. A bela donzela cuja face eu via sempre que olhava para o céu, cuja voz ouvia na quietude da noite, cuja mão eu segurava sempre que caminhava pelas ruas de Beirute, não estava mais comigo.

"Pela primeira vez na vida me vi totalmente sozinho numa embarcação que navegava pelo oceano profundo. Caminhei pelo convés, chamando por ela em meu coração, fitando as ondas na esperança de ver seu rosto. Mas tudo em vão. À meia-noite, quando todos os demais passageiros haviam se recolhido, permaneci no convés, sozinho, perturbado e ansioso.

"De súbito, olhei para o alto e a vi, a companheira de minha vida, numa nuvem acima de mim, a uma pequena distância da proa. Pulei de alegria, abri os braços e gritei: 'Por que me abandonou, minha amada? Aonde você foi? Onde esteve? Fique junto de mim agora e jamais me abandone de novo!'.

"Ela não se moveu. Em seu rosto percebi sinais de tristeza e dor, algo que nunca havia visto antes. Falando suavemente e em tom triste, ela disse:

'Vim das profundezas do oceano para vê-lo mais uma vez. Agora desça à sua cabine e se renda ao sono e aos sonhos'.

"E tendo dito essas palavras, ela se fundiu com as nuvens e desapareceu. Como uma criança faminta, chamei por ela freneticamente. Abri os braços em todas as direções, mas tudo o que eles abraçaram foi o ar noturno, pesado de orvalho.

"Desci à minha cabine, sentindo dentro de mim o fluxo e o refluxo das intempéries em fúria. Era como se eu estivesse em outro navio, arremessado aos mares revoltos da perplexidade e do desespero.

"Estranhamente, assim que recostei a cabeça no travesseiro, adormeci.

"Sonhei, e em meu sonho vi uma macieira em formato de cruz e pendendo dela, como se crucificada, estava a companheira de minha vida. Gotas de sangue pingavam de suas mãos e de seus pés sobre as flores que caíam da árvore.

"A embarcação navegava dia e noite, mas eu permaneci mergulhado num transe, sem saber se era um homem navegando rumo para uma região distante ou um fantasma flutuando no céu nebuloso. Em vão, implorei à Providência pelo som da voz de minha companheira, por um vestígio de sua sombra ou pelo toque suave de seus dedos em meus lábios.

"Catorze dias se passaram e eu permanecia sozinho. No décimo quinto dia, ao meio-dia, avistamos à distância a costa da Itália e, ao entardecer, entramos no porto. Uma multidão a bordo de gôndolas alegremente decoradas veio felicitar o navio e levar os passageiros à cidade.

"A cidade de Veneza está situada em diversas pequenas ilhas próximas umas das outras. Suas ruas são canais e seus numerosos palácios e residências foram construídos sobre a água. As gôndolas são o único meio de transporte.

"O gondoleiro me perguntou para onde eu estava indo e, ao lhe responder que me dirigia ao prefeito de Veneza, ele me lançou um olhar de espanto. Enquanto navegávamos pelos canais, a noite começava a envolver a cidade com seu manto escuro. Luzes brilhavam das janelas abertas dos palácios e das igrejas, e o reflexo na água dava à cidade a aparência de algo visto apenas no sonho de um poeta, ao mesmo tempo fascinante e encantador.

"Quando a gôndola chegou à junção de dois canais, subitamente escutei o toque melancólico dos sinos de uma igreja. Embora estivesse num transe espiritual e alheio à realidade, os sons penetraram meu coração e abateram meu espírito.

"A gôndola atracou e foi ancorada ao pé de uma escadaria de mármore que levava a uma rua pavimentada. O gondoleiro apontou na direção de um magnífico palácio no meio de um jardim e disse: 'Eis aqui seu destino'. Subi lentamente os degraus que levavam ao palácio, seguido pelo gondoleiro carregando meus pertences. Quando cheguei ao portão, paguei-lhe e despedi-me dele com meus agradecimentos.

"Toquei o sino e a porta foi aberta. Ao entrar, fui recebido pelo som de lamentos e pranto, o que me provocou surpresa e espanto. Um empregado idoso se aproximou de mim e, com uma voz entristecida, perguntou o que eu desejava. 'Este é o palácio do prefeito?', indaguei. Ele se curvou e confirmou com a cabeça. Entreguei-lhe a missiva que me foi dada pelo governador do Líbano. O empregado a olhou e caminhou solenemente em direção à porta que dava para a sala de recepção.

"Voltei-me para um jovem empregado e lhe perguntei a razão da tristeza que impregnava o ambiente. Ele disse que a filha do prefeito havia morrido naquele dia e, enquanto falava, cobria o rosto e chorava amargurado.

"Imagine os sentimentos de um homem que atravessara o oceano, oscilando o tempo todo entre a esperança e o desespero, para, ao final de sua jornada, estar diante dos portões de um palácio habitado pelos fantasmas cruéis da aflição e das lamentações. Imagine os sentimentos de um estrangeiro em busca de entretenimento e hospitalidade, apenas para se ver recebido pela morte de asas brancas.

"Logo o empregado idoso retornou e, fazendo uma reverência, disse: 'O prefeito está esperando pelo senhor'.

"Ele me levou a uma porta no final do corredor e fez sinal para que eu entrasse. Na recepção, encontrei uma multidão de sacerdotes e outros dignitários, todos imersos em profundo silêncio. No centro da sala, fui saudado por um homem idoso de longa barba branca, que apertou minha mão e disse: 'É um infortúnio recebê-lo, vindo de uma terra distante, num dia em que nos acha privados de nossa filha amada. Ainda assim, creio que nosso luto não irá interferir em sua missão, a qual, tenha certeza, farei tudo o que está ao meu alcance para favorecer'.

"Agradeci-lhe a hospitalidade e expressei meu mais profundo pesar. Em seguida, ele me conduziu a um assento e me juntei ao restante da multidão silenciosa.

"Ao contemplar o semblante triste dos enlutados e ouvir seus dolorosos suspiros, senti o coração apertado pela angústia e tristeza.

"Rapidamente, os enlutados foram partindo um após o outro, permanecendo apenas o pesaroso pai e eu. Quando fiz menção de também partir, ele me impediu e disse: 'Suplico-lhe, meu amigo, que não vá. Seja nosso convidado, se puder ser tolerante conosco em nossa tristeza'.

"Suas palavras me tocaram profundamente e me curvei num gesto de concordância, enquanto ele continuou: 'Vocês, libaneses, são demasiadamente bondosos com os estrangeiros em suas terras. Seríamos negligentes em nosso dever se fôssemos menos generosos e corteses com nosso hóspede vindo do Líbano'. Ele tocou uma sineta e, em resposta ao chamado, surgiu um mordomo num uniforme impecável.

"'Mostre ao nosso hóspede o aposento da ala leste', disse ele, 'e cuide bem dele enquanto estiver conosco'.

"O mordomo me conduziu a um quarto amplo e suntuosamente decorado. Assim que ele se foi, deixei-me cair na cama e comecei a refletir acerca de minha situação naquela terra estrangeira. Relembrei as primeiras horas que havia passado ali, tão distante de minha terra natal.

"Em poucos minutos, o mordomo retornou trazendo meu jantar numa bandeja prateada. Depois de comer, comecei a caminhar pelo aposento, parando de vez em quando na janela para observar o céu de Veneza e ouvir os gritos dos gondoleiros e a batida ritmada de seus remos. Não tardou para que eu me sentisse sonolento e, deixando-me cair exausto na cama, entreguei-me a um estado de inconsciência no qual se misturavam a embriaguez do sono e a sobriedade da vigília.

"Não sei quantas horas permaneci nesse estado, pois são vastos os espaços de vida percorridos pelo espírito que não podemos medir com o tempo, essa invenção humana. Tudo que eu sentia então, e sinto agora, é a condição lamentável em que me encontrava.

"Repentinamente, percebi um fantasma que pairava sobre mim, um espírito etéreo a me chamar, mas sem nenhum sinal perceptível. Levantei-me e fui até o corredor, como se impulsionado e atraído por alguma força divina. Caminhei, involuntariamente, como num sonho, sentindo como se estivesse viajando por um mundo que estava além do tempo e do espaço.

"Quando cheguei no final do corredor, abri uma porta e me vi numa grande sala, em cujo centro havia um caixão cercado de velas bruxuleantes e coroas de flores brancas. Ajoelhei-me ao lado do ataúde e olhei para a falecida. Ali, diante de mim, velado pela morte, estava o rosto de minha amada, a companheira de toda a minha vida. Era a mulher que eu venerava, agora envolvida pelo frio da morte, numa mortalha branca, cercada por flores brancas e guardada pelo silêncio dos tempos.

"Ó Senhor do amor, da vida e da morte! Tu és o criador de nossa alma. Tu guias nosso espírito em direção à luz e à escuridão. Tu acalmas nosso coração e o faz vibrar de esperança e dor. Agora tu me mostraste a companheira de minha juventude sob esta forma fria e sem vida.

"Senhor, tu me arrancaste de minha terra e me colocaste em outra, e me revelaste o poder da morte sobre a vida, da tristeza sobre a alegria. Plantaste um lírio branco no deserto de meu coração partido e me transportaste para um vale distante a fim de me mostrar um lírio murcho.

"Ó amigos da minha solidão e exílio: É da vontade de Deus que eu beba do cálice amargo da vida. Seja feita Sua vontade. Não passamos de frágeis átomos no céu do infinito, e nada podemos fazer senão obedecer e nos render à vontade divina.

"Se amamos, nosso amor não provém de nós nem é para nós. Se nos alegramos, nossa alegria não está em nós, mas na própria vida. Se sofremos, nossa dor não está em nossas feridas, mas no próprio coração da natureza.

"Não me lamento ao relatar essa história, pois aquele que lamenta duvida da vida, enquanto eu acredito fervorosamente nela. Acredito no valor da amargura misturada em cada gole que bebo do cálice da vida. Acredito na beleza da tristeza que penetra meu coração. Acredito na derradeira misericórdia desses dedos de aço que esmagam minha alma.

"Esta é a minha história. Como posso pôr um fim nela quando na verdade ela não tem fim?

"Permaneci ajoelhado diante daquele caixão, perdido em silêncio, contemplando aquele semblante angelical até o amanhecer. Então, levantei-me e retornei ao meu quarto, curvado sob o peso da eternidade e sustentado pela dor da humanidade sofredora.

"Três semanas depois deixei Veneza e voltei para o Líbano. Era como se eu tivesse passado eras nas vastas e silenciosas profundezas do passado.

"A visão, no entanto, permaneceu. Embora houvesse reencontrado minha companheira apenas na morte, dentro de mim ela ainda vivia. Sob sua sombra trabalhei e aprendi. Quais trabalhos foram esses, você, meu discípulo, sabe bem.

"A sabedoria e o conhecimento que adquiri eu lutei para levar ao meu povo e aos seus governantes. Levei a Al-Haris, governador do Líbano, o grito dos oprimidos, que estavam sendo massacrados pelas injustiças e maldades de seus funcionários do Estado e da Igreja.

"Aconselhei-o a seguir os passos de seus antepassados e a tratar seus súditos como eles o fizeram, com clemência, bondade e compreensão. E lhe disse: 'O povo é a glória de nosso reino e sua fonte de riqueza'. E fui além: 'Há quatro coisas que um governante deve banir de seu reino – a ira, a avareza, a falsidade e a violência'.

"Por esse e outros ensinamentos, fui castigado, enviado ao exílio e excomungado pela Igreja.

"Certa noite, Al-Haris, com o coração perturbado, não conseguia dormir. Postado diante de sua janela, ele contemplava o firmamento. 'Quantas maravilhas! Tantos corpos celestes perdidos no infinito! Quem criou esse mundo misterioso e admirável? Quem direciona o curso desses astros? Qual a relação entre esses planetas distantes e o nosso? Quem sou eu e por que estou aqui?'. Todas essas coisas Al-Haris questionou a si mesmo.

"Então ele se lembrou de haver me banido e se arrependeu do tratamento impiedoso que me destinou. Imediatamente mandou me buscar, pedindo-me perdão. Honrou-me com um manto oficial e, diante de todo o povo, proclamou-me seu conselheiro, colocando em minha mão uma chave de ouro.

"Quanto aos meus anos passados no exílio, nada devo lamentar. Aquele que busca a verdade e a proclama à humanidade está destinado a sofrer. Meu sofrimento me ensinou a compreender o de meus semelhantes; nem a perseguição nem o exílio enfraqueceram a visão dentro de mim.

"E agora estou cansado."

Terminada sua história, o mestre dispensou seu discípulo, cujo nome era Almuhtada, que significa "o convertido", e subiu ao seu refúgio para descansar o corpo e a alma das fadigas das memórias antigas.

2
A morte do mestre

Duas semanas depois, o mestre adoeceu e uma multidão de admiradores veio até o eremitério para ter notícias sobre seu estado de saúde. Quando chegaram aos portões do jardim, viram sair dos aposentos do mestre um sacerdote, uma freira, um médico e Almuhtada. O amado discípulo anunciou a morte do mestre. A multidão começou a chorar e lamentar, mas Almuhtada não chorou nem proferiu uma única palavra.

Por um tempo, o discípulo permaneceu contemplativo, em seguida colocou-se de pé na pedra ao lado da lagoa e falou:

"Irmãos e compatriotas, vocês acabaram de ouvir a notícia da morte do mestre. O imortal profeta do Líbano se rendeu ao sono eterno, e sua alma abençoada paira sobre nós nos céus do espírito, acima de todo sofrimento e pesar. Sua alma se libertou da servidão do corpo, da febre e dos fardos desta vida terrena.

"O mestre abandonou este mundo material trajado com as vestes da glória e seguiu para outro mundo livre de misérias e aflições. Está agora onde nossos olhos não podem vê-lo e nossos ouvidos não podem escutá-lo. Mora no mundo espiritual, cujos habitantes precisam muito dele. Ele agora reúne conhecimento num novo cosmos, do qual a história e a beleza sempre o fascinaram e cuja linguagem ele continuamente se esforçou para aprender.

"Sua vida neste mundo foi uma longa sucessão de notáveis feitos. Foi uma vida de constante reflexão, pois o mestre não conhecia descanso, exceto no trabalho. Amava o trabalho, definido por ele como *amor visível*.

"Sua alma sedenta era incapaz de descansar, exceto no colo da vigília. Seu coração amoroso transbordava de bondade e zelo.

"Tal foi a vida que levava neste mundo.

"Ele foi uma fonte de conhecimento que brotava do seio da eternidade, um riacho puro de sabedoria que regava e refrescava a mente humana.

"Aquele rio agora alcançou as margens da vida eterna. Que nenhum intruso lamente por ele ou derrame lágrimas em sua partida!

"Lembrem-se de que apenas aqueles que estiveram diante do templo da vida e nunca frutificaram a terra com uma gota de suor de sua fronte merecem suas lágrimas e seus lamentos ao deixá-la.

"Mas, quanto ao mestre, ele não passou todos os dias de sua vida trabalhando em prol da humanidade? Haverá alguém entre vocês que não bebeu da fonte cristalina de sua sabedoria? Assim, se desejam honrá-lo, ofereçam à sua alma abençoada um hino de louvor e ação de graças, e não cantos fúnebres e lamentos. Se desejam lhe prestar a devida reverência, reivindiquem uma parte do conhecimento reunido nos livros de sabedoria que foram legados por ele ao mundo.

"Não *deem* ao gênio, mas *tomem* dele! Somente assim vocês o estarão honrando. Não chorem por ele, mas alegrem-se e bebam profundamente de sua sabedoria. Somente assim estarão lhe prestando o tributo que lhe é devido."

Depois de ouvir as palavras do discípulo, a multidão voltou para casa, com sorrisos nos lábios e cânticos de ação de graças no coração.

Almuhtada foi deixado sozinho neste mundo, mas a solidão jamais se apossou de seu coração, pois a voz do mestre sempre ressoava em seus ouvidos, incitando-o a continuar com o seu trabalho e a semear as palavras do profeta no coração e na mente de todos aqueles que quisessem ouvir por sua própria vontade. Passou muitas horas sozinho no jardim, meditando sobre os pergaminhos deixados pelo mestre e nos quais ele havia registrado suas palavras de sabedoria.

Após quarenta dias de meditação, Almuhtada deixou o refúgio de seu mestre e iniciou sua jornada pelas aldeias, povoados e cidades da antiga Fenícia.

Certo dia, quando atravessava a praça do mercado da cidade de Beirute, uma multidão o seguiu. Almuhtada parou num passeio público, e o povo se reuniu a seu redor, e falando com a voz do mestre, ele disse assim:

"A árvore do meu coração está carregada de frutos. Vinde, ó famintos, e os colhei. Comei até a satisfação. Vinde e recebei do meu coração generoso e aliviai meu fardo. Minha alma se curva sob o peso do ouro e da prata. Vinde, ó caçadores de tesouros ocultos, enchei vossas bolsas e aliviai-me de meu fardo...

"Meu coração transborda o vinho de muitas eras. Vinde todos vós, sedentos, bebei e saciai vossa sede.

"Outro dia vi um homem abastado parado na porta do templo, estendendo as mãos repletas de pedras preciosas para todos que passavam e, chamando-os, dizia: 'Tenham pena de mim. Me livrem destas joias, pois elas endureceram meu coração e envenenaram minha alma. Tenham pena de mim, peguem-nas e tornem-me íntegro novamente'.

"Nenhum dos que passavam, entretanto, deu atenção a seus apelos.

"Olhei para o homem e disse a mim mesmo: 'Certamente, seria melhor para ele ser um pobre vagando pelas ruas de Beirute, com a mão trêmula estendida a pedir esmolas, voltando para casa à noite de mãos vazias'.

"Vi um xeique rico e generoso de Damasco, montando suas tendas no deserto da Arábia e nas encostas das montanhas. À noite, ele enviava seus criados para abordarem os viajantes e conduzi-los às suas tendas a fim de serem abrigados e entretidos. Mas as estradas acidentadas estavam desertas e seus subordinados não lhe traziam nenhum convidado.

"Ponderei a respeito da situação daquele xeique solitário e meu coração falou comigo, dizendo: 'Certamente, mais lhe conviria ser um andarilho com um cajado na mão e um balde vazio pendendo do braço, compartilhando ao meio-dia com seus companheiros o pão da amizade junto às pilhas de lixo na periferia da cidade'.

"No Líbano, vi a filha do governador despertar do sono, trajando um vestido majestoso. Seus cabelos estavam salpicados de almíscar e o corpo, ungido com perfume. Ela entrou no jardim do palácio de seu pai em busca de um amante. As gotas de orvalho sobre o tapete de relva molhavam a barra de seu vestido. Mas por infelicidade, entre todos os súditos de seu pai, não havia um único que a amasse.

"Enquanto refletia sobre a desventura da filha do governador, minha alma me incitou, dizendo: 'Não seria melhor para ela ser a filha de um simples camponês, conduzindo os rebanhos de seu pai pelo pasto e retornando com eles para o estábulo ao anoitecer, com o perfume da terra e dos vinhedos em seu rude traje de pastora? Ao menos assim ela poderia sair de mansinho da choupana de seu pai e, no silêncio da noite, dirigir-se ao seu amado, que estaria à sua espera junto a um riacho murmurante'.

"A árvore do meu coração está carregada de frutos. Vinde, almas famintas, colhei-os, comei-os e ficai satisfeitos. Meu espírito transborda de vinho envelhecido. Vinde, ó corações sedentos, bebei e saciai vossa sede...

"Quem dera eu fosse uma árvore que não floresce nem dá frutos; pois a dor da fertilidade é mais cruel do que a amargura da esterilidade e a dor do rico generoso é mais terrível do que a penúria do pobre miserável...

"Quem dera eu fosse um poço seco, assim as pessoas jogariam pedras nas minhas profundezas. Pois mais vale ser um poço vazio do que uma fonte de água pura intocada por lábios sedentos.

"Quem dera eu fosse um caniço quebrado, pisoteado pelos pés do homem, pois isso é preferível a ser uma lira na casa daquele cujos dedos estão cheios de bolhas e os familiares são surdos.

"Ouvi-me, ó filhos e filhas de minha pátria; meditai sobre essas palavras que chegam a vós pela voz do profeta. Reservai espaço para elas no recinto de seu coração e deixai que a semente da sabedoria floresça no jardim da vossa alma. Pois essa é dádiva preciosa do Senhor."

E a fama de Almuhtada espalhou-se por toda terra, e muitas pessoas vieram de outros países para lhe fazer reverência e ouvir o porta-voz do mestre.

Médicos, juristas, poetas e filósofos o cobriam de perguntas sempre que o encontravam, fosse na rua, na igreja, na mesquita, na sinagoga ou em qualquer outro lugar onde as pessoas se reunissem. A mente deles se enriquecia com suas belas palavras, que eram passadas de boca em boca.

Ele lhes falava da vida e da realidade da vida, dizendo:

"O ser humano é como a espuma do mar que flutua na superfície da água. Quando o vento sopra, ela desaparece, como se nunca houvesse existido. Assim a nossa vida é aniquilada pela morte.

"A realidade da vida é a própria vida, cujo começo não é no ventre e o fim não é na sepultura. Para os anos que passam é apenas um momento na vida eterna; e o mundo da matéria e tudo o que nele existe é apenas um sonho comparado ao despertar que chamamos de terror da morte.

"O éter carrega cada riso, cada suspiro proveniente de nosso coração, e preserva seu eco, que responde a cada beijo cuja fonte é a alegria.

"Os anjos contam cada lágrima derramada por causa da tristeza e levam aos ouvidos dos espíritos que pairam nos céus do infinito cada canção de alegria proveniente de nossos afetos.

"Lá, no mundo vindouro, veremos e sentiremos todas as vibrações de nossos sentimentos e os impulsos de nosso coração. Compreenderemos o significado da divindade dentro de nós, divindade a quem desprezamos por sermos movidos pelo desespero.

"A ação que em nossa culpa chamamos hoje de fraqueza surgirá amanhã como o elo essencial na corrente completa do ser humano.

"O trabalho árduo pelo qual não recebemos nenhuma recompensa viverá conosco, seu esplendor será manifestado, proclamando nossa glória; e as dificuldades que enfrentamos serão como uma coroa de louros sobre nossa honrada cabeça."

Ditas essas palavras, o discípulo estava prestes a se afastar da multidão e repousar o corpo das fadigas do dia quando observou um jovem olhando uma bela moça, com olhos que refletiam perplexidade.

O discípulo se dirigiu ao jovem, dizendo:

"Você está confuso diante das diversas crenças que a humanidade professa? Está perdido no vale dos credos conflitantes? Acredita que a liberdade do herege é um fardo menor do que o jugo da submissão e que a liberdade da discordância é mais segura do que a fortaleza da concordância?

"Se for esse o caso, faça da beleza sua religião e louve-a como sua divindade, pois ela é a obra visível, manifesta e perfeita de Deus. Rejeite aqueles que brincam com a religiosidade como se fosse uma farsa, unindo ganância e arrogância; em vez disso, creia na divindade da beleza, que é ao mesmo tempo o começo de sua adoração à vida e a fonte de seu anseio pela felicidade.

"Faça penitência diante da beleza e expie seus pecados, pois ela aproxima seu coração do trono da mulher, o qual é o espelho de suas afeições e o mestre de seu coração nos caminhos da natureza, que é a morada de sua vida."

Antes de dispensar a multidão reunida, acrescentou:

"Há dois tipos de pessoas neste mundo: as de ontem e as de amanhã. De qual tipo vocês são, meus irmãos? Venham, deixem-me olhá-los para descobrir se são daqueles que entram no mundo da luz ou dos que seguem rumo ao território das trevas. Venham e digam-me quem vocês são e o que são.

"São políticos que dizem a si mesmos: 'Vou me valer de meu país para meu próprio benefício'? Se assim for, não passam de parasitas a se sustentar da carne alheia. Ou são patriotas dedicados, que sussurram a si mesmos: 'Sinto prazer em servir ao meu país como um servidor fiel'. Se assim for, são um oásis no deserto, prontos para saciar a sede do viajante.

"Ou são mercadores que se aproveitam das pessoas necessitadas, comprando mercadorias para revendê-las a um preço exorbitante? Se assim for, são uns infames e não importa se vivem num palácio ou numa prisão.

"São pessoas honestas, que possibilitam ao agricultor e ao tecelão trocarem seus produtos, servindo de mediadores entre comprador e vendedor e, que por meio da honestidade, obtêm lucro tanto para si quanto para os outros? Se assim for, são pessoas justas e não importa se são elogiadas ou criticadas.

"São líderes religiosos que a partir da simplicidade dos crentes tecem um manto escarlate para o corpo; e de sua caridade fazem uma coroa de ouro para a cabeça e que, enquanto vivem na abundância de Satanás, vomitam seu ódio por ele? Se assim for, são hereges e não importa se jejuam o dia inteiro ou se rezam noite adentro.

"Ou são fiéis que encontram na bondade das pessoas o alicerce para a melhoria de toda a nação e cuja alma é a escada da perfeição que leva ao Espírito Santo? Se assim for, são como um lírio no jardim da verdade e não importa se sua fragrância se perde entre os homens ou se dissipa no ar, onde estará eternamente preservada.

"São jornalistas que vendem seus princípios no mercado de escravos e que engordam graças a fofocas, infortúnios e crimes? Se assim for, são como abutres vorazes que se alimentam de carniça.

"Ou são professores postados no tablado elevado da história e que, inspirados pelas glórias do passado, pregam à humanidade e vivem de acordo com que pregam? Se assim for, são um tônico para a humanidade doente e um bálsamo para o coração ferido.

"São governantes que menosprezam aqueles a quem governam, jamais interferindo no exterior, exceto para saquear seus bolsos ou explorá-los em seu próprio benefício? Se assim for, são como o joio na eira do país.

"Ou são servidores dedicados que amam o povo e estão sempre atentos ao seu bem-estar, zelosos de sua prosperidade? Se assim for, são como uma bênção nos celeiros da nação.

"São maridos que consideram os próprios erros como lícitos, mas ilícitos aqueles cometidos pelas esposas? Se assim for, são como os selvagens extintos que viviam em cavernas e cobriam a nudez com peles de animais.

"Ou são companheiros fiéis, cujas esposas estão sempre ao seu lado, partilhando todos os seus pensamentos, êxtases e vitórias? Se assim for, são como aquele que no alvorecer caminha liderando a nação em direção ao ápice da justiça, da razão e da sabedoria.

"São escritores que mantêm a cabeça erguida acima da multidão, enquanto seu cérebro está mergulhado no fundo do abismo do passado, cheio de farrapos e dos restos inúteis de outrora? Se assim for, são como uma lagoa de água estagnada.

"Ou são pensadores perspicazes que examinam a si mesmos, descartando o que é inútil, ultrapassado e mau, porém preservando o que é proveitoso e bom? Se assim for, são como o maná para o faminto e como a água pura para o sedento.

"São poetas espalhafatosos, mas de sons vazios? Se assim for, são como um daqueles charlatões que nos fazem rir quando choram e nos fazem chorar quando riem.

"Ou estão entre as almas talentosas em cujas mãos Deus colocou uma viola para acalmar o espírito com a música celestial e aproximar seus semelhantes da vida e da beleza da vida? Se sim, são como uma tocha para iluminar nosso caminho, uma doce saudade em nosso coração e uma revelação do divino em nossos sonhos.

"Assim a humanidade está dividida em duas longas colunas: uma composta de velhos e curvados, que se sustentam em cajados tortos e que, enquanto trilham o caminho da vida, ofegam como se estivessem escalando uma montanha quando, na verdade, estão descendo ao abismo.

"E a segunda coluna é composta de jovens, correndo como se tivessem pés alados, cantando como se suas gargantas possuíssem cordas de prata, e escalando o topo da montanha como se atraídos por algum poder mágico, irresistível.

"A qual desses dois cortejos vocês pertencem, meus irmãos? Façam a si mesmos essa pergunta quando estiverem sozinhos no silêncio da noite.

"Julguem por si mesmos se pertencem aos escravos de ontem ou aos homens livres do amanhã."

E Almuhtada voltou ao seu retiro e manteve-se recluso por muitos meses, enquanto lia e ponderava sobre as palavras de sabedoria que o mestre havia deixado nos rolos de pergaminho que lhe foram legados. Aprendeu muito, porém havia muitas coisas que julgava não ter aprendido nem escutado dos lábios do mestre. Jurou que não deixaria seu eremitério até que houvesse estudado completamente e dominado tudo o que o mestre havia deixado, para que pudesse transmiti-lo a seus compatriotas. Assim, Almuhtada ficou absorto na leitura das palavras do mestre, alheio a si mesmo e ao mundo à sua volta, esquecendo todos aqueles que o haviam escutado nos mercados e nas ruas de Beirute.

Preocupados com ele, seus admiradores tentaram em vão alcançá-lo. Mesmo quando o governador de Monte Líbano o convocou com um pedido para que se apresentasse aos oficiais do governo, Almuhtada declinou, dizendo: "Darei retorno a vocês em breve, com uma mensagem especial para todo o povo".

O governador emitiu um decreto no qual, no dia em que Almuhtada reaparecesse, todos os cidadãos deveriam recebê-lo e acolhê-lo com honra em suas casas e nas igrejas, mesquitas, sinagogas e escolas, assim como deveriam ouvir suas palavras com reverência, pois sua voz era a voz do profêta.

O dia em que Almuhtada finalmente saiu de seu retiro para dar início a sua missão transformou-se num dia de alegria e festividade para todos. Almuhtada discursou com liberdade e sem impedimentos; pregou o evangelho do amor e da fraternidade. Ninguém ousou ameaçá-lo de exílio do país ou de excomungá-lo da Igreja. Quão diferente fora o destino de seu mestre, cuja sina havia sido o banimento e a excomunhão antes de ser finalmente perdoado e trazido de volta!

As palavras de Almuhtada foram ouvidas em todo o Líbano. Posteriormente, foram publicadas em livro sob a forma de epístolas e distribuídas na antiga Fenícia e em outros países árabes. Algumas das epístolas estão nas próprias palavras do mestre, enquanto outras foram selecionadas pelo mestre e discípulo de antigos livros de sabedoria e tradição.

SEGUNDA PARTE

—

As palavras do mestre

1
Da vida

A vida é uma ilha num oceano de solidão, uma ilha cujas rochas são esperanças, as árvores são sonhos, as flores são solidão e os riachos são desejo.

A vida de vocês, meus semelhantes, é uma ilha separada de todas as outras ilhas e regiões. Não importam quantos navios partam de suas costas em busca de outras regiões ou quantas esquadras naveguem pelo seu litoral, vocês permanecem uma ilha solitária, sofrendo as dores da solidão e ansiando pela felicidade. São desconhecidos de seus semelhantes e estão muito distantes da simpatia e da compreensão deles.

Meu irmão, eu o vi sentado em sua colina de ouro, satisfeito com sua riqueza – orgulhoso de seus tesouros e seguro em sua crença de que cada punhado de ouro que acumulou é um elo invisível que une os desejos e pensamentos de outros homens aos seus.

Com os olhos de minha mente eu o vi como um grande conquistador liderando suas tropas, decidido a destruir as fortalezas de seus inimigos. Mas, ao olhar novamente, nada vi senão um coração solitário definhando atrás de seus cofres de ouro, um pássaro sedento numa gaiola dourada com seu bebedouro de água vazio.

Eu o vi, meu irmão, sentado no trono da glória e ao redor estava seu povo aclamando a sua majestade e cantando louvores por seus grandiosos feitos, exaltando sua sabedoria e o contemplando como se estivessem na presença de um profeta, seus espíritos exultavam até a esfera celeste.

Enquanto você fitava seus súditos, vi em seu semblante os sinais da felicidade, do poder e do triunfo, como se você fosse a alma do corpo deles.

Quando olhei novamente, porém, eis que o encontrei sozinho em sua solidão, ao lado de seu trono, um exilado estendendo a mão em todas as direções, como se suplicasse a fantasmas invisíveis por misericórdia e bondade – implorando por abrigo, mesmo que nele não houvesse nada além de calor e amizade.

Eu o vi, meu irmão, enamorado de uma bela mulher, entregando seu coração no altar da beleza dela. Quando a vi fitando-o com ternura e amor maternal, disse a mim mesmo: "Viva o amor que tirou esse homem da solidão e uniu seu coração a outro".

Quando olhei novamente, porém, vi no íntimo de seu coração enamorado outro coração solitário, clamando em vão para revelar seus segredos a uma mulher; e atrás de sua alma apaixonada, outra alma, solitária como uma nuvem errante, desejando em vão que pudesse se transformar em lágrimas nos olhos de sua amada.

A sua vida, meu irmão, é uma habitação solitária separada da moradia de outros homens. É uma casa em cujo interior o olhar do vizinho não pode penetrar. Se estivesse mergulhada na escuridão, a lanterna de seu vizinho não poderia iluminá-la. Se estivesse vazia de provisões, as despensas dos vizinhos não poderiam abastecê-la. Caso estivesse num deserto, você não poderia movê-la para os jardins de outros homens, cultivados e plantados por outras mãos. Se estivesse no topo de uma montanha, não poderia trazê-la ao vale pisado pelos pés de outros homens.

A vida de seu espírito, meu irmão, está cercada pela solidão, e, não fosse por essa solidão e esse isolamento, você não seria *você* nem eu seria *eu*. Não fosse por essa solidão e esse isolamento, ao escutar sua voz, eu acreditaria estar ouvindo a minha, ou, ao ver seu rosto, pensaria estar me vendo num espelho.

2
Dos mártires da lei dos homens

Você é alguém que nasceu no berço da tristeza e foi criado no colo da desventura e na casa da opressão? Come pão seco umedecido em lágrimas? Bebe a água turva na qual se misturam sangue e lágrimas?

É um soldado compelido pela lei cruel dos homens a abandonar mulher e filhos e seguir para o campo de batalha em nome da *ganância* que seus líderes chamam erroneamente de *dever*?

É um poeta contente com suas migalhas de vida, feliz na posse de pergaminho e tinta, que vive em sua terra como um estrangeiro, desconhecido de seus semelhantes?

É um prisioneiro enclausurado num calabouço escuro devido a algum delito insignificante e condenado por aqueles que buscam reformar o homem enquanto o corrompem?

É uma jovem a quem Deus concedeu beleza, mas que caiu nas garras da luxúria dos ricos, que a enganaram e compraram seu corpo, mas não seu coração, e a abandonaram à miséria e à angústia?

Se você é um desses, é um mártir da lei dos homens, um miserável, e sua desventura é fruto da perversidade dos fortes, da injustiça do tirano, da brutalidade do rico e do egoísmo do devasso e do ganancioso.

Confortai-vos, meus frágeis amados, pois existe um poder maior por trás e além deste mundo material, um poder que é inteiramente justiça, misericórdia, compaixão e amor.

Vocês são como uma flor que cresce à sombra; a brisa suave vem e leva a semente de vocês para a luz do sol, onde viverão novamente na beleza.

São como a árvore nua curvada pela neve; a primavera chegará e espalhará seu manto verde sobre vocês e a verdade rasgará o véu de lágrimas que oculta seus risos. Eu os conforto, meus irmãos aflitos, eu os amo e desprezo seus opressores.

3
Pensamentos e meditações

A vida nos toma e nos leva de um lugar a outro. O destino nos move de um ponto a outro. Nós, encerrados entre essas duas forças, ouvimos vozes terríveis e vemos apenas aquilo que se coloca como entrave e obstáculo em nosso caminho.

A beleza se revela a nós ao se sentar no trono da glória, mas nos aproximamos dela em nome da luxúria, arrancamos sua coroa de pureza e profanamos suas vestes com nossas maldades.

O amor caminha diante de nós vestido de serenidade, porém, fugimos dele amedrontados e nos escondemos nas sombras; ou então o perseguimos para praticar o mal em seu nome.

Até o mais sábio entre nós se curva sob o fardo do amor, mas na verdade ele é tão leve quanto a brisa alegre do Líbano.

A liberdade nos convida à sua mesa, em que podemos compartilhar de sua deliciosa comida e seu rico vinho, porém, ao nos sentarmos, comemos vorazmente e nos fartamos.

A natureza nos alcança com seus braços acolhedores e nos convida a desfrutar de sua beleza, mas tememos seu silêncio e fugimos para as cidades abarrotadas, onde nos amontoamos como ovelhas fugindo de um lobo feroz.

A verdade nos chama, atraída pelo riso inocente da criança ou pelo beijo de um ente querido, mas fechamos as portas de nosso afeto na cara dela e a tratamos como inimiga.

O coração humano clama por socorro, a alma implora pela libertação, mas não atendemos a seus clamores, pois não os escutamos nem os entendemos. Contudo, ao homem que escuta e entende, chamamos de louco e dele nos afastamos.

Assim, as noites passam e vivemos na inconsciência. Os dias nos saúdam e nos envolvem, mas vivemos imersos num temor constante do dia e da noite.

Agarramo-nos à terra enquanto o portal do coração do Senhor permanece escancarado. Pisoteamos o pão da vida enquanto a fome consome nosso coração. Quão generosa é a vida para o ser humano e, no entanto, quão longe dela ele se encontra!

4
Do primeiro olhar

É esse momento que separa a embriaguez da vida do despertar. É a primeira chama que ilumina o domínio interior do coração. É a primeira nota mágica dedilhada nas cordas de prata do coração. É aquele momento efêmero que desvela diante da alma as crônicas do tempo e revela aos olhos as ações da noite e os frutos da consciência. É o que revela os futuros segredos da eternidade. É a semente lançada por Ishtar, deusa do amor, e semeada pelos olhos do ser amado nos campos do amor, germinada pela afeição e colhida pela alma.

O primeiro olhar vindo dos olhos do ser amado é como o espírito que se movia sobre a face das águas, dando origem ao céu e à Terra, quando o Senhor disse: "E assim seja!".

Do primeiro beijo

É o primeiro gole do cálice enchido pela deusa com o néctar da vida. É a linha divisória entre a dúvida, que engana o espírito e entristece o coração, e a certeza, que inunda o nosso íntimo de alegria. É o início da canção da vida e o primeiro ato no drama do ser humano ideal. É o laço que une a estranheza do passado à claridade do futuro; o elo entre o silêncio dos sentimentos e sua canção. É a palavra pronunciada por quatro lábios que proclamam o coração um trono, o amor um rei e a fidelidade uma coroa. É o toque suave dos dedos delicados da brisa nos lábios da rosa proferindo um longo suspiro de alívio e um doce gemido.

É o início daquela vibração mágica que transporta os amantes de um mundo de pesos e medidas para o de sonhos e revelações.

É a união de duas flores perfumadas e a mistura de suas fragrâncias para a criação de uma terceira alma.

Do mesmo modo que o primeiro olhar é semelhante a uma semente lançada pela deusa nos campos do coração humano, o primeiro beijo é a primeira flor na extremidade do galho da árvore da vida.

Do casamento

Aqui o amor começa a traduzir a prosa da vida em hinos e cânticos de louvor com música composta à noite para ser cantada durante o dia. Aqui o anseio do amor retira o véu e ilumina os recessos do coração, criando uma felicidade que só pode ser superada por aquela que a alma experimenta ao abraçar Deus.

O casamento é a união de duas divindades para que uma terceira possa nascer na Terra. É a união de duas almas num forte amor pela abolição da separação. É aquela unidade superior que funde as unidades separadas no interior dos dois espíritos. É o anel de ouro numa corrente cujo início é um olhar e o fim é a eternidade. É a chuva pura que cai de um céu imaculado para frutificar e abençoar os campos da natureza divina.

Do mesmo modo que o primeiro olhar lançado pelos olhos do ser amado é como uma semente plantada no coração humano e o primeiro beijo de seus lábios é como uma flor no galho da árvore da vida, a união de dois amantes no casamento é como o primeiro fruto da primeira flor daquela semente.

5
Da divindade do homem

A primavera chegou e a natureza começou a se manifestar no murmúrio dos riachos e regatos e no sorriso das flores, e a alma humana ficou alegre e satisfeita.

Então, de repente, a natureza se enfureceu e devastou a bela cidade. E o ser humano esqueceu o riso, a doçura e a bondade dela.

Por uma hora, uma força cega e assustadora destruiu o que havia levado gerações para ser construído. A morte aterrorizante prendeu seres humanos e animais em suas garras e os esmagou.

Incêndios implacáveis consumiram a humanidade e seus bens; uma noite profunda e tenebrosa ocultou a beleza da vida sob um manto de cinzas. Os elementos temerosos se enfureceram e destruíram os seres humanos, suas habitações e tudo o que fora produzido por suas mãos.

Em meio a esse terrível estrondo de destruição oriundo das entranhas da Terra, em meio a toda essa miséria e ruína, a pobre alma observava tudo à distância e meditava tristemente sobre a fragilidade do ser humano e a onipotência de Deus. Refletia sobre o inimigo da humanidade escondido nas profundezas das camadas da Terra e entre os átomos do éter. Ouvia o lamento das mães e das crianças famintas e partilhava de sua dor. Refletia a respeito da selvageria dos elementos e da insignificância do homem. E lembrou como ainda ontem os filhos do homem dormiram a salvo em suas casas – mas hoje tornaram-se fugitivos desabrigados, lamentando a perda de sua bela cidade enquanto a contemplavam de longe, a esperança transformada em desespero; a alegria, em tristeza; e a vida de paz, em estado de guerra. Sofria como os de coração partido que foram apanhados nas garras de ferro da tristeza, da dor e do desespero.

Enquanto permanecia ali ponderando, sofrendo e duvidando da justiça divina que une todas as forças do mundo, a alma sussurrava nos ouvidos do silêncio:

"Por trás de toda essa criação há uma sabedoria eterna que gera ira e destruição, mas que ainda gerará uma beleza imprevisível.

"Pois o fogo, o trovão e as tormentas são para a Terra o que o ódio, a inveja e a maldade são para o coração humano. Enquanto a nação aflita preenchia o firmamento com gemidos e lamentos, a memória me trouxe à mente todas as advertências, calamidades e tragédias encenadas no palco do tempo.

"Vi o ser humano, ao longo da história, erguer torres, palácios, cidades e templos na superfície da Terra, do mesmo modo vi a Terra lançar sua fúria sobre eles, arrebatando-os de volta ao seu seio.

"Vi homens poderosos construírem castelos inexpugnáveis e observei artistas adornarem suas paredes com pinturas. Então, vi a Terra se abrir, escancarar a boca e engolir tudo o que a mão habilidosa e a mente brilhante do gênio haviam criado.

"Entendi que a Terra é como uma bela noiva que não precisa de joias feitas pelo homem para realçar sua beleza, mas se contenta com o verde de seus campos, as areias douradas de suas praias e as pedras preciosas de suas montanhas.

"Em sua divindade, porém, vi o ser humano parado como um gigante em meio à ira e à destruição, zombando da ira da Terra e da fúria dos elementos.

"Como um pilar de luz, o ser humano permaneceu em meio às ruínas da Babilônia, Nínive, Palmira e Pompeia, e enquanto permanecia de pé cantava a canção da imortalidade:

Deixe a Terra tomar
aquilo que é dela,
pois eu, ser humano, não tenho fim."

6
Da razão e do conhecimento

Quando a razão lhe falar, escute atentamente o que ela tem a dizer e você será salvo. Faça bom uso das palavras dela e você será como alguém que conta com proteção. Com efeito, o Senhor não lhe concedeu melhor guia do que a razão nem escudo mais forte do que ela. Quando a razão fala ao seu íntimo, você está protegido contra o desejo. A razão é um guia espiritual prudente, um mestre leal e um conselheiro sábio. A razão é a luz na escuridão, assim como a raiva é a escuridão em meio à luz. Seja sábio: deixe a razão, e não o impulso, ser o seu guia.

No entanto, tenha ciência de que, embora a razão esteja ao seu lado, ela é indefesa sem o auxílio do conhecimento. Desprovida de seu irmão de sangue – o conhecimento – a razão é como o pobre sem moradia, e o conhecimento destituído da razão é como a moradia sem proteção. E mesmo o amor, a justiça e a bondade são de pouco valor se a razão também não estiver presente.

O homem instruído desprovido de discernimento é como um soldado desarmado indo para a batalha. Sua ira envenenará a fonte pura da vida de sua comunidade e ele será como o grão de aloés num jarro de água límpida.

A razão e o conhecimento são como corpo e alma. Sem o corpo, a alma é apenas um sopro vago. Sem a alma, o corpo é apenas uma estrutura desprovida de sentido.

Razão sem conhecimento é como o solo não cultivado ou como o corpo humano que carece de nutrição.

A razão não é como as mercadorias vendidas nos mercados – que quanto mais abundantes, menos valem. O valor da razão aumenta com sua abundância. Porém, fosse ela vendida nos mercados, somente os sábios entenderiam seu verdadeiro valor.

O tolo nada vê senão tolice e o louco nada vê senão loucura. Ontem pedi a um tolo que contasse os tolos entre nós. Ele riu e disse: "Essa tarefa

é demasiadamente difícil e demorada. Não seria melhor contar apenas os sábios?".

Conheça seu verdadeiro valor e não perecerá. A razão é sua luz e seu farol da verdade. A razão é a fonte da vida. Deus lhe concedeu o conhecimento, de modo que, sob a luz dele, você possa não apenas louvá-lo, mas também ver a si mesmo em sua fraqueza e força.

Se você não é capaz de perceber o cisco em seu próprio olho, certamente não o verá no de seu próximo.

Examine sua consciência diariamente e corrija suas faltas. Se falhar nesse dever, trairá o conhecimento e a razão presentes dentro de si.

Fique atento a si mesmo como se fosse seu próprio inimigo, pois não é possível aprender a governar a si mesmo sem primeiro aprender a controlar as próprias paixões e obedecer aos ditames de sua consciência.

Certa vez ouvi um sábio dizer: "Todo mal tem seu remédio, exceto a insensatez. Repreender um insensato obstinado ou pregar para um tolo é como escrever na água. Cristo curou os cegos, os mancos, os paralíticos e os leprosos, mas os insensatos ele não pôde curar.

"Examine uma questão de todos os lados e certamente descobrirá por onde o erro penetrou.

"Se o portão de sua casa for largo, cuide para que a porta traseira não seja demasiado estreita.

"Aquele que tenta aproveitar uma oportunidade depois que ela passou é como quem a vê se aproximando, mas não vai ao encontro dela."

Deus não produz o mal. Ele nos concede razão e conhecimento para que estejamos sempre alerta contra as armadilhas do erro e da destruição.

Bem-aventurados sejam aqueles a quem Deus concedeu a dádiva da razão.

7
Da música

Sentei-me ao lado de alguém amado por meu coração e escutei suas palavras. Minha alma começou a vagar pelos espaços infinitos onde o universo era como um sonho e o corpo, como uma estreita prisão.

A voz encantadora de minha amada penetrou meu coração.

Isso é música, ó amigos, pois eu a ouvi pelos suspiros daquela que amava e pelas palavras balbuciadas entre seus lábios.

Pelos olhos de meus ouvidos, vi o coração de minha amada.

Meus amigos, a música é a linguagem dos espíritos. Sua melodia é como a brisa alegre que faz as cordas vibrarem de amor. Quando os dedos delicados da música batem à porta de nossos sentimentos, despertam memórias há muito escondidas nas profundezas do passado. Os acordes tristes da música nos trazem recordações dolorosas, e os suaves nos evocam alegres lembranças. O som das cordas nos faz chorar diante da partida de um ente querido ou sorrir com a paz que Deus nos concedeu.

A alma da música vem do espírito, e sua mente vem do coração.

Quando Deus criou o homem, deu-lhe a música como uma linguagem distinta de todas as outras. O homem primitivo cantou a glória da música no deserto, e ela atraiu o coração dos reis e os tirou de seus tronos.

Nossa alma é como a flor delicada à mercê dos ventos do destino. Ela tremula com a brisa da manhã e curva a cabeça sob o orvalho que cai do céu.

O canto do pássaro desperta o ser humano de seu torpor e o convida a se unir nos salmos de glória à sabedoria eterna que criou esse canto.

Tal música nos faz perguntar a nós mesmos o significado dos mistérios contidos nos livros antigos.

Quando os pássaros cantam, chamam as flores nos campos, estão falando com as árvores ou ecoando o murmúrio dos riachos? O homem com seu entendimento é incapaz de compreender o que o pássaro está dizendo, o que o riacho está murmurando, ou o que as ondas sussurram quando tocam lenta e suavemente as praias.

O homem com seu entendimento é incapaz de saber o que a chuva está dizendo quando cai sobre as folhas das árvores ou quando bate de leve nas vidraças. É incapaz de saber o que a brisa está dizendo às flores do campo.

O coração do homem, porém, pode sentir e compreender o significado desses sons que tocam seus sentimentos. A sabedoria eterna repetidas vezes fala numa linguagem misteriosa; alma e natureza conversam entre si, enquanto o homem permanece sem palavras e perplexo.

E, contudo, não chorou o homem ao ouvir esses sons? Não são suas lágrimas eloquente entendimento?

Música divina!
Filha da alma do amor.

Vaso de amargura e de
amor.

Sonho do coração humano, fruto
de tristeza.

Flor de alegria, fragrância, e
flor do sentimento.

Língua dos amantes, reveladora de
segredos.

Mãe das lágrimas de amor secreto.

Inspiradora de poetas, compositores,
arquitetos.

Unidade de pensamentos contida em fragmentos
de palavras.

Criadora do amor que vem da beleza.
Vinho do coração exultante num
mundo sonhado.

Inspiradora de guerreiros e fortalecedora
de almas.
Oceano de misericórdia e mar de ternura.

Ó música!
Em tuas profundezas depositamos nosso coração
e nossa alma.
Tu nos ensinaste a ver com nossos
ouvidos.
E a ouvir com nosso coração.

8
Da sabedoria

Homem sábio é aquele que ama e reverencia a Deus. O mérito de um homem reside em seu conhecimento e em suas ações, não na cor de sua pele, fé, raça ou descendência. Lembre-se, meu amigo, de que o filho sábio de um pastor tem mais valia para uma nação do que um herdeiro de trono ignorante. A sabedoria é sua verdadeira patente de nobreza, não importa quem seja seu pai ou sua raça.

A sabedoria é a única riqueza que os tiranos não podem roubar. Somente a morte pode ofuscar a chama da sabedoria que está dentro de você. A verdadeira riqueza de uma nação não está em seu ouro ou sua prata, mas em seu conhecimento, sua sabedoria, e na integridade de seus filhos.

As riquezas do espírito embelezam a face do ser humano e geram simpatia e respeito. Em cada ser, o espírito se manifesta nos olhos, no semblante e em todos os gestos e movimentos corporais. Nossa aparência, nossas palavras e nossas ações nunca são maiores do que nós mesmos. A alma é nossa morada; nossos olhos, suas janelas; e nossas palavras, suas mensageiras.

Conhecimento e sabedoria são os companheiros leais da vida que jamais se revelarão pérfidos. O conhecimento é sua coroa, e a sabedoria é seu cajado; e quando estão ao seu lado, não se pode possuir tesouros maiores.

Aquele que o entende é mais familiar a você do que seu próprio irmão, pois até mesmo seus parentes podem não o compreender nem perceber seu verdadeiro valor.

Ter amizade com o ignorante é tão insensato quanto discutir com um ébrio.

Deus lhe concedeu inteligência e sabedoria. Não apague a luz da graça divina nem deixe que a vela da sabedoria se apague na escuridão da luxúria e do erro. Com efeito, um homem sábio

se aproxima com sua tocha para iluminar o caminho da humanidade.

Lembre-se de que um homem justo causa mais aflição ao Diabo do que um milhão de fiéis levianos.

O pouco conhecimento posto em ação vale infinitamente mais do que o vasto conhecimento inativo.

Se seu conhecimento não o ensina o valor das coisas e não o liberta da escravidão da matéria, você jamais se aproximará do trono da verdade.

Se seu conhecimento não o ensina a se elevar acima da fraqueza e da miséria humanas, e a conduzir o próximo no caminho certo, você é realmente alguém de pouco valor e assim permanecerá até o Dia do Juízo Final.

Aprenda as palavras de sabedoria proferidas pelo sábio e as aplique em sua própria vida. Viva-as, porém, não faça alarde ao recitá-las, pois aquele que repete o que não compreende não é melhor que um asno carregado de livros.

9
Do amor e da igualdade

Meu pobre amigo, se você soubesse que a pobreza, que lhe causa tanta desventura, é justamente o que revela o conhecimento da justiça e o entendimento da vida, estaria contente com seu destino.

Digo conhecimento da justiça: pois o rico está muito ocupado em acumular riqueza para buscar esse conhecimento.

E digo entendimento da vida: pois o poderoso está muito ansioso em sua busca de poder e glória para se manter no caminho reto da verdade.

Alegre-se, então, meu pobre amigo, pois você é a voz da justiça e o livro da vida. Contente-se, pois você é a fonte da virtude daqueles que o governam e o pilar da integridade daqueles que o guiam.

Se você pudesse ver, meu triste amigo, que o infortúnio que o derrotou na vida é o próprio poder que ilumina seu coração e eleva sua alma do poço do escárnio ao trono da reverência, estaria contente com aquilo que lhe cabe e o consideraria um legado para instruí-lo e torná-lo sábio.

A vida é uma corrente formada por diversos elos. A tristeza é um elo de ouro entre a submissão ao presente e a prometida esperança do futuro. É o alvorecer entre o sono e o despertar.

Meu pobre companheiro, a pobreza realça a nobreza do espírito, enquanto a riqueza revela sua maldade. A tristeza abranda os sentimentos e a alegria cura o coração partido. Fossem a pobreza e a tristeza abolidas, o espírito humano seria como uma tábua vazia, sem nada inscrito a não ser os sinais do egoísmo e da ganância.

Lembre-se de que a divindade é o verdadeiro eu do ser humano. Não pode ser vendida em troca de ouro nem ser acumulada como as riquezas do mundo de hoje. O rico abandonou sua divindade e se apegou ao seu ouro. E o jovem de hoje abandonou sua divindade e persegue a comodidade e o prazer.

Meu amado pobre, a hora que você passa com a esposa e os filhos ao retornar do campo para casa é a garantia de todas as famílias futuras, o emblema da felicidade que será o quinhão de todas as gerações vindouras.

A vida que o rico passa acumulando riqueza é, na verdade, como a vida dos vermes na sepultura. É um sinal de medo.

As lágrimas que derramou, meu triste amigo, são mais puras do que o riso daquele que procura o esquecimento e mais doces do que o escárnio do zombador. Essas lágrimas purificam o coração da maldição do ódio e ensinam o ser humano a compartilhar a dor dos que têm o coração partido. São as lágrimas do Nazareno.

O poder que semeou para os ricos será colhido por você no futuro, pois todas as coisas retornam à sua origem de acordo com a lei da natureza.

A tristeza que suportou será transformada em alegria pela vontade do céu. E as gerações vindouras do sofrimento e da pobreza serão uma lição de amor e igualdade.

10
Outros ensinamentos do mestre

Aqui estou desde o princípio e estarei até o fim dos dias, visto que minha existência não tem fim. A alma humana é tão somente uma centelha da tocha ardente que Deus repartiu de si mesmo na Criação.

Meus irmãos, aconselhem-se uns aos outros, pois aí reside a saída do erro e do arrependimento vão. A sabedoria de muitos é seu escudo contra a tirania. Quando recorremos uns aos outros em busca de conselho, reduzimos o número de nossos inimigos.

Aquele que não busca conselho é um insensato. Sua insensatez o cega para a verdade e o torna cruel, teimoso e perigoso para seu semelhante.

Quando entender um problema com clareza, enfrente-o com resolução, pois esse é o caminho dos fortes.

Busque o conselho dos mais velhos, pois seus olhos contemplaram a face do tempo e seus ouvidos escutaram as vozes da vida. Mesmo que o conselho deles não lhe agrade, preste atenção a eles.

Não espere bons conselhos de um tirano, de um malfeitor, de alguém presunçoso ou de quem abdicou da honra. Ai daquele que conspira com o malfeitor que vem em busca de conselho, pois concordar com o malfeitor é infâmia e dar ouvidos ao que é falso é traição.

A menos que eu seja dotado de vasto conhecimento, de aguçado discernimento e ampla experiência, não posso me considerar um conselheiro dos homens.

Não seja precipitado nem cauteloso em demasia nem negligente quando a oportunidade se apresentar. Assim evitará erros graves.

Meu amigo, não seja como aquele que se senta ao lado da lareira e observa o fogo se extinguir,

para depois soprar em vão as cinzas mortas. Não perca a esperança nem se desespere por causa do passado, pois lamentar o irremediável é a pior das fraquezas humanas.

Ontem me arrependi de minhas atitudes e hoje compreendo meu erro e o mal que causei a mim mesmo quando quebrei meu arco e destruí meu estojo de flechas.

Eu o amo, meu irmão, seja você quem for – quer reze em sua igreja, quer se ajoelhe em seu templo ou ore em sua mesquita. Você e eu somos todos filhos da fé, pois os caminhos divergentes da religião são dedos da mão amorosa de um Ser Supremo, estendida a todos, oferecendo a plenitude do espírito a todos, ávida por acolher a todos.

Deus lhe concedeu um espírito alado para voar no vasto firmamento do amor e da liberdade. Não é lamentável, portanto, que corte suas asas com as próprias mãos e obrigue sua alma a rastejar sobre a terra como um inseto?

Minha alma, viver é como um corcel noturno: quanto mais ligeiro seu voo, mais próximo o alvorecer.

11
O ouvinte

Ó vento, você que passa por nós, ora cantando doce e suavemente, ora suspirando e lamentando: nós te ouvimos, mas não podemos vê-lo. Sentimos seu toque, mas não podemos discernir sua forma. Você é como um oceano de amor que inunda nosso espírito, sem afogá-lo.

Ascende às colinas e desce aos vales, espalhando-se por campos e prados. Há força em sua ascensão e suavidade em sua descida; e graça em sua dispersão. Você é como um rei misericordioso, benevolente com os oprimidos, mas severo com os arrogantes e poderosos.

No outono, geme pelos vales e as árvores ecoam seu pranto. No inverno, quebra suas correntes e toda a natureza se rebela contigo.

Na primavera, desperta de seu sono, ainda frágil e débil, e através de seu leve frêmito os campos começam a despertar.

No verão, se esconde por trás do véu do silêncio como se tivesse morrido, atingido pelos raios do sol e pelas lanças do calor.

Estava, de fato, lamentando nos dias de outono ou rindo diante do rubor das árvores nuas? Estava enfurecido no inverno ou dançando ao redor do túmulo coberto pela neve da noite?

Estava realmente debilitado na primavera ou lamentando a perda de sua amada, a juventude de todas as estações?

Estava por acaso morto naqueles dias de verão ou apenas adormecido no coração dos frutos, nos olhos das vinhas, ou nos ouvidos do trigo sobre as eiras?

Das ruas da cidade você se levanta e carrega as sementes do flagelo; e das colinas sopra o hálito perfumado das flores. Assim, a nobre alma suporta a tristeza da vida e, silenciosa, encontra suas alegrias.

Nos ouvidos da rosa, sussurra um segredo cujo significado ela compreende. Muitas vezes ela está aflita e, então, se alegra. Assim age Deus na alma humana.

Ora você demora, ora se apressa aqui e acolá, movendo-se incessantemente. Assim também é a mente humana, que vive quando está em ação e morre quando fica ociosa.

Na face das águas, você escreve suas canções e então as apaga. Assim faz o poeta ao criar.

Do Sul você surge ardente como o amor e do Norte gélido como a morte. Do Leste tão suave quanto o toque da alma e do Oeste tão feroz quanto a ira e a fúria. É tão volúvel quanto o tempo ou é o mensageiro de notícias importantes dos quatro pontos cardeais?

Você devasta o deserto, pisoteia as caravanas inocentes e as enterra sob montanhas de areia. É aquela mesma brisa alegre que tremula com o vento entre as folhas e os galhos e esvoaça feito um sonho pela sinuosidade dos vales, onde as flores se curvam em saudação e a relva se inclina, densamente coberta pela embriaguez de sua aragem?

Você se levanta dos oceanos sacudindo as profundezas silenciosas deles com suas tranças, destruindo com sua ferocidade navios e tripulações. Você é aquela mesma brisa suave que acaricia as madeixas das crianças enquanto brincam em volta de casa?

Para onde leva nosso coração, nossos suspiros, alentos e sorrisos? O que faz com as tochas ondulantes de nossa alma? Carrega-as para além do horizonte da vida? Arrasta-as como vítimas de

sacrifício até cavernas remotas e horríveis para então destruí-las?

Na noite silenciosa, os corações lhes revelam seus segredos. E na aurora, os olhos se abrem ao seu suave toque. Você está atento ao que o coração sentiu ou ao que os olhos notaram?

Entre suas asas, o angustiado deposita o eco de suas tristes canções; o órfão, os fragmentos de seu coração partido; o oprimido, seus suspiros dolorosos. Dentro das dobras de seu manto, o estrangeiro deposita seus anseios; o desamparado, seu fardo; a mulher decaída, sua aflição.

Preserva tudo isso a salvo para os humildes? Ou é como a mãe terra que enterra tudo aquilo que produz?

Ouve esses gritos e lamentos? Ouve esses gemidos e suspiros? Ou é como os poderosos e os orgulhosos que não veem a mão estendida nem ouvem o clamor dos miseráveis?

Ó vida de todos os ouvintes, você ouve?

12
Amor e juventude

Um jovem no alvorecer da vida sentou-se à sua escrivaninha numa casa solitária. Ora olhava pela janela para o céu pontilhado de estrelas cintilantes, ora voltava o olhar para o retrato de uma moça que segurava nas mãos. O contorno e as cores do retrato eram dignos de um mestre e se refletiam na mente do jovem, revelando-lhe os segredos do mundo e o mistério da eternidade.

O retrato da moça clamava o jovem e naquele momento transformou seus olhos em ouvidos, para que ele compreendesse a linguagem dos espíritos que pairavam no recinto e seu coração fosse inflamado de amor.

Assim se passaram as horas como se fossem apenas um breve momento de um belo sonho ou apenas um ano numa vida de eternidade.

Em seguida o jovem pôs o retrato diante de si, pegou sua pena e verteu sobre o pergaminho os sentimentos de seu coração:

"Amada, a grande verdade que transcende a natureza não passa de um ser a outro através da fala humana. A verdade prefere o silêncio para transmitir seu significado às almas enamoradas.

"Sei que o silêncio da noite é o mais nobre mensageiro entre nossos dois corações, uma vez que carrega a mensagem do amor e recita os salmos de nosso coração. Assim como Deus fez nossa alma prisioneira de nosso corpo, o amor me fez prisioneiro das palavras e da fala.

"Dizem, ó, amada, que o amor é uma chama devoradora no coração humano. Eu soube, em nosso primeiro encontro, que a conhecia há muito tempo, e soube, no momento da despedida, que nada seria forte o bastante para nos manter separados.

"O primeiro olhar que lancei a ti não foi, de fato, o primeiro. O instante em que nossos corações se encontraram confirmou em mim a crença na eternidade e na imortalidade da alma.

"Em tal momento, a natureza ergue o véu daquele que se julga oprimido, e revela sua justiça eterna.

"Recordas, amada, o riacho junto ao qual nos sentamos a olhar fixamente um para o outro? Sabes que teus olhos me disseram naquele momento que teu amor por mim não nasceu da compaixão, mas da justiça? Agora posso proclamar para mim mesmo e para o mundo que as dádivas derivadas da justiça são maiores do que aquelas oriundas da caridade.

"Também posso dizer que o amor que é filho do acaso é como as águas estagnadas dos pântanos.

"Amada, diante de mim se estende uma vida que posso moldar em grandeza e beleza – uma vida que começou com nosso primeiro encontro e com o desejo de continuar pela eternidade.

"Sei que está em ti engendrar o poder que Deus me concedeu, para ser consagrado em grandes palavras e obras, tal como o sol traz vida às flores perfumadas dos campos.

"Assim, meu amor por ti durará eternamente."

O jovem se levantou e caminhou lenta e reverentemente pelo recinto. Olhou pela janela e observou a Lua se elevando acima do horizonte, preenchendo o vasto firmamento com seu delicado esplendor.

Em seguida, retornou à escrivaninha e escreveu: "Perdoa-me, minha amada, por me dirigir a ti na segunda pessoa. És minha outra bela metade que me falta desde que emergimos da mão sagrada de Deus. Perdoa-me, minha amada!".

13
A sabedoria e eu

No silêncio da noite, a sabedoria adentrou o meu quarto e postou-se junto de meu leito. Fitou-me como uma mãe amorosa, enxugou minhas lágrimas e disse:

"Ouvi o clamor de sua alma e vim para confortá-lo. Abra seu coração para mim e o encherei de luz. Peça, e lhe mostrarei o caminho da verdade".

Concordei com sua oferta e perguntei:

"Quem sou eu, Sabedoria, e como cheguei a este lugar de horrores? O que são essas enormes expectativas, essas montanhas de livros e essas figuras estranhas? O que são esses pensamentos que vêm e vão como uma revoada de pombos? O que são essas palavras que compomos com desejo e escrevemos com alegria? O que são esses desfechos tristes e alegres que acolhem minha alma e envolvem meu coração? De quem são esses olhos a me fitar, que penetram os recessos mais íntimos de minha alma, e ainda assim, ignoram minha dor? O que significam essas vozes que lamentam a passagem de meus dias e entoam os louvores de minha infância? Quem é esse jovem que brinca com meus desejos e zomba de meus sentimentos, esquecendo os feitos do ontem, contentando-se com a pequenez do hoje e se armando contra a lenta aproximação do amanhã?

"Que mundo terrível é esse que me move? E para que terra desconhecida?

"Que terra é essa que escancara as mandíbulas para engolir nossos corpos e prepara um abrigo eterno para a ganância? Quem é esse homem que se contenta com os favores do destino e anseia por um beijo dos lábios da vida enquanto a morte o golpeia na face? Quem é esse homem que compra um momento de prazer com um ano de penitência e se entrega ao sono enquanto os sonhos clamam por ele? Quem é esse homem que nada nas ondas da ignorância em direção ao abismo das trevas?

"Diga-me, Sabedoria, o que são todas essas coisas?"

A Sabedoria abriu os lábios e falou:

"Você, homem, veria o mundo com os olhos de Deus e compreenderia os segredos do além por meio do pensamento humano. Tal é o fruto da ignorância.

"Vá para o campo e observe como a abelha paira sobre o néctar das flores e a águia investe sobre sua presa. Entre na casa de seu vizinho e observe a criança enfeitiçada pela luz do fogo, enquanto a mãe se ocupa de seus afazeres. Seja como a abelha e não desperdice seus dias de primavera observando as ações da águia. Seja como a criança que se alegra com a luz do fogo e não importuna a mãe. Tudo o que você vê foi e ainda é seu.

"Os inúmeros livros, as estranhas figuras e os belos pensamentos que o cercam são espectros dos espíritos que existiram antes de você. As palavras proferidas por seus lábios são os elos da corrente que o ligam a seus semelhantes. Os desfechos tristes e alegres são as sementes plantadas pelo passado no campo de sua alma para serem colhidas pelo futuro.

"O jovem que brinca com seus desejos é aquele que abrirá as portas do coração para que a luz entre. A terra que escancara a boca para tragar o homem e suas obras é a redentora de nossa alma da servidão de nosso corpo.

"O mundo que se move consigo é seu coração, que é o próprio mundo. E o homem, que você supõe tão pequeno e ignorante, é o mensageiro de Deus que veio para aprender a alegria da vida através da tristeza e obter sabedoria a partir da ignorância."

Assim falou a Sabedoria, pousando sua mão sobre minha testa ardente e dizendo:

"Siga em frente. Não se detenha. Seguir em frente é caminhar em direção à perfeição. Siga em frente e não tema os espinhos nem as pedras pontiagudas no caminho da vida."

14
As duas cidades

A vida me tomou em suas asas e me levou até o topo do monte da juventude. Em seguida, acenou apontando para sua encosta. Olhei para trás e vi uma estranha cidade, da qual se erguia uma fumaça escura de muitas tonalidades, movendo-se vagarosamente como fantasmas. Uma névoa fina quase escondia a cidade de meu olhar.

Após um instante de silêncio, exclamei: "O que é isso que vejo, vida?".

E a vida respondeu: "Esta é a cidade do passado. Olhe para ela e pondere".

Contemplei a maravilhosa cena e vi muitos objetos e paisagens: salões construídos para a ação, erguendo-se como gigantes sob as asas do sono, templos de conversação ao redor dos quais pairavam espíritos que ao mesmo tempo choravam de desespero e cantavam canções de esperança. Vi igrejas erguidas pela fé e destruídas pela dúvida, minaretes do pensamento levantando seus pináculos como mendigos com os braços erguidos, avenidas do desejo estendendo-se como os rios nos vales, depósitos de segredos guardados por sentinelas da dissimulação e saqueados por ladrões da revelação, fortalezas que foram erguidas pela bravura e demolidas pelo medo, santuários de sonhos adornados pelo sono e destruídos pela consciência, casebres habitados pela fraqueza, mesquitas de solidão e abnegação, instituições de ensino iluminadas pela inteligência e obscurecidas pela ignorância, tavernas de amor onde os amantes se embriagavam e o vazio escarnecia deles, teatros em cujos palcos a vida encenava sua peça e a morte encerrava as tragédias da vida.

Tal é a cidade do passado – aparentemente distante, embora na realidade próxima – visível, apesar da dificuldade, através das nuvens escuras.

A vida, então, me acenou e disse: "Siga-me. Demoramos por demais aqui". Respondi: "Para onde estamos indo, vida?".

Ela disse: "Estamos indo para a cidade do futuro".

Afirmei: "Tenha piedade de mim, vida. Estou cansado, meus pés estão machucados e minha força se esvaiu".

A vida, porém, me respondeu: "Siga em frente, meu amigo. Demorar-se é covardia. Permanecer para sempre contemplando a cidade do passado é loucura. Eis que a cidade do futuro acena...".

15
A natureza e o ser humano

Ao raiar do dia, eu me encontrava sentado num campo conversando com a natureza, enquanto a humanidade descansava pacificamente sob o manto do sono. Deitei-me na relva vicejante e meditei sobre estas questões: "É a verdade beleza? É a beleza verdade?".

Em meus pensamentos, me vi levado para longe da humanidade, e minha imaginação ergueu o véu da matéria que ocultava meu eu interior. Minha alma se expandiu e fui levado para perto da natureza e seus segredos, meus ouvidos foram abertos para a linguagem de suas maravilhas.

Enquanto estava sentado assim, imerso em pensamentos, senti uma brisa soprando pelos galhos das árvores e ouvi um suspiro como o de um órfão perdido.

"Por que suspira, brisa suave?", indaguei.

A brisa respondeu: "Porque vim da cidade incandescente pelo calor do sol e as sementes de pragas e contaminações se agarram às minhas vestes puras. Pode me culpar por minha aflição?".

Então olhei a face lacrimejante das flores e, ao escutar seu doce lamento, perguntei: "Por que choram, minhas belas flores?".

Uma das flores ergueu a delicada cabeça e murmurou: "Choramos porque o homem virá para nos cortar e nos colocar à venda nos mercados da cidade".

Outra flor completou: "Ao anoitecer, quando estivermos murchas, ele nos lançará no monte de lixo. Choramos porque a mão cruel do homem nos arranca de nosso ambiente nativo".

Ouvi o riacho lamentando como uma viúva aos prantos pelo filho morto, e perguntei: "Por que chora, meu límpido riacho?".

O riacho respondeu: "Porque sou obrigado a ir para a cidade, onde o homem me despreza, me troca por bebidas mais fortes, faz de mim um catador de seus detritos, polui minha pureza e transforma minha bondade em imundície".

Ouvi o lamento dos pássaros e perguntei: "Por que choram, meus encantadores pássaros?". Um deles voou para perto de mim, empoleirando-se na ponta de um galho e disse: "Os filhos de Adão em breve entrarão neste campo empunhando suas armas letais e farão guerra contra nós como se fôssemos seus inimigos mortais. É tempo de nos despedirmos uns dos outros, pois não sabemos quem de nós escapará à ira do ser humano. A morte nos acompanha aonde quer que vamos".

Agora o Sol surgia por trás dos picos das montanhas, coroando a copa das árvores de dourado. Contemplei essa beleza e me perguntei: "Por que o ser humano tem necessidade de destruir o que a natureza construiu?".

16
A feiticeira

A mulher que meu coração amou sentou-se ontem neste quarto solitário para repousar seu corpo encantador neste leito aveludado. Destes cálices de cristal, ela sorveu lentamente o vinho envelhecido.

Esse é o sonho de ontem, pois a mulher que meu coração amou se foi para um lugar distante – a terra do esquecimento e do vazio.

A impressão de seus dedos permanece ainda sobre meu espelho, a fragrância de seu alento persiste nas dobras de minhas roupas e o eco de sua doce voz pode ser ouvido nesta alcova.

A mulher que o meu coração amou, todavia, partiu para um lugar distante chamado vale do exílio e do esquecimento.

Junto à minha cama há um retrato desta mulher pendurado. As cartas de amor que me escreveu estão guardadas num estojo de prata adornado de coral e esmeraldas. Todas essas coisas permanecerão comigo até amanhã, quando o vento as soprará ao esquecimento, onde reina apenas o mudo silêncio.

A mulher que amei é como aquelas a quem vocês entregaram o coração. Ela tem uma estranha beleza, como se moldada por um deus, é dócil como a pomba, astuta como a serpente, soberbamente graciosa como o pavão, impiedosa como o lobo, adorável como o cisne branco e terrível como a noite escura. Ela é composta por um punhado de terra e um copo cheio de espuma do mar.

Conheço essa mulher desde a infância. Eu a segui pelos campos e agarrei a barra de suas roupas enquanto ela caminhava pelas ruas da cidade. Conheço-a desde o tempo de minha juventude e vi a sombra de seu rosto nas páginas dos livros que li. Ouvi sua voz celestial no murmúrio do riacho.

A ela revelei os desencantos de meu coração e os segredos de minha alma.

A mulher que o meu coração amou se foi para um lugar frio, desolado e distante – a terra do vazio e do esquecimento.

A mulher que o meu coração amou chama-se *vida*. Ela é bela e atrai para si todos os corações.

Ela toma nossas vidas em penhor e enterra nossos anseios em promessas.

A *vida* é uma mulher que se banha nas lágrimas de seus amantes e se unge com o sangue de suas vítimas. Suas vestes são dias brancos forrados com a escuridão da noite. Ela toma o coração humano como amante, mas nega a si mesma em casamento.

A vida é uma feiticeira
que nos seduz com sua beleza –
mas aquele que conhece suas artimanhas
escapará de seus encantos.

17
Juventude e esperança

A juventude caminhou à minha frente e a segui até chegarmos a um campo distante. Lá, ela parou e contemplou as nuvens que flutuavam no horizonte como um rebanho de cordeiros brancos. Em seguida, olhou para as árvores cujos galhos nus apontavam para o alto como se rezassem ao céu pelo retorno de sua folhagem.

Eu disse: "Onde estamos agora, juventude?".

Ela respondeu: "Estamos no campo da perplexidade. Preste atenção".

Repliquei: "Vamos voltar imediatamente, pois este lugar desolado me assusta e a visão das nuvens e das árvores nuas entristece meu coração".

Ela disse: "Seja paciente. A perplexidade é o princípio do conhecimento".

Em seguida, olhei ao redor e avistei uma forma se movendo graciosamente na nossa direção e indaguei: "Quem é essa mulher?".

A juventude respondeu: "Esta é Melpômene, filha de Zeus e musa da tragédia".

"Ó bem-aventurada juventude!", exclamei. "O que a tragédia pode querer de mim enquanto você está ao meu lado?".

Sua resposta foi: "Ela veio para lhe mostrar a Terra e suas tristezas, pois aquele que não encarou a tristeza jamais verá a alegria".

O espírito, então, estendeu a mão sobre meus olhos. Ao retirá-la, a juventude se foi e eu me encontrava sozinho, despido de minhas vestes terrenas. Bradei: "Filha de Zeus, onde está a juventude?".

Melpômene não respondeu, porém, me tomou sob suas asas e me levou até o cimo de uma alta montanha. Abaixo de mim, vi a Terra e tudo o que há nela se abrir como as páginas de um livro, nas quais estavam inscritos os segredos do Universo. Permaneci assombrado ao lado da donzela, ponderando sobre o mistério da humanidade e lutando para decifrar os símbolos da vida.

Vi coisas lamentáveis: os anjos da felicidade guerreando contra os demônios do sofrimento, e entre eles estava o homem, ora atraído para um lado pela esperança, ora para o outro pelo desespero.

Vi o amor e o ódio flertando com o coração humano: o amor escondia a culpa do ser humano e o embriagava com o vinho da submissão, do orgulho e da lisonja, enquanto o ódio o provocava, selava seus ouvidos e cegava seus olhos diante da verdade.

Observei a cidade agachada como uma criança em suas favelas, agarrada aos trajes do filho de Adão. Ao longe, avistei os graciosos campos lamentando o sofrimento humano.

Notei sacerdotes salivando como raposas astutas e falsos messias tramando e conspirando contra a felicidade humana.

Vi um homem invocando a sabedoria por libertação, mas a sabedoria não deu ouvidos ao seu clamor, pois havia sido desprezada quando se dirigiu a ele nas ruas da cidade.

Vi pregadores olhando para os céus em adoração enquanto seus corações estavam enterrados nas covas da ganância.

Vi um jovem conquistando o coração de uma donzela com palavras doces, mas seus verdadeiros sentimentos estavam adormecidos, e a divindade de ambos se achava distante.

Vi legisladores tagarelando ociosamente, vendendo suas mercadorias no mercado do engano e da hipocrisia.

Vi médicos brincando com a alma dos ingênuos e inocentes. Vi o ignorante sentado junto ao sábio, exaltando seu passado ao trono da glória, adornando seu presente com as vestes da abundância e preparando um leito de luxo para o futuro. Vi o pobre miserável plantando as sementes, enquanto os poderosos colhiam os frutos; e a opressão, erroneamente chamada de lei, montava guarda.

Vi ladrões da ignorância despojando os tesouros do conhecimento, enquanto as sentinelas da luz permaneciam submersas no sono profundo da inércia.

Vi dois amantes, porém a mulher era como um alaúde nas mãos de um homem incapaz de tocá-lo e que apenas compreende sons estridentes.

Vi as forças do conhecimento cercando a cidade do privilégio herdado, mas eram pequenas em número e logo foram dispersadas.

Vi a liberdade perambulando sozinha, batendo às portas e pedindo abrigo, mas ninguém atendeu aos seus apelos. Em seguida, vi a abundância avançando esplendorosamente, enquanto a multidão a aclamava como se fosse a liberdade.

Vi a religião enterrada nos livros, enquanto a dúvida ocupava seu lugar.

Vi o homem trajando as vestes da paciência como um manto para a covardia, enquanto chamava a indolência de tolerância e o medo de cortesia.

Vi o intruso sentado à mesa do conhecimento, proferindo tolices, enquanto os convidados permaneciam calados.

Vi o ouro nas mãos dos perdulários sendo usado para fazer o mal e nas mãos dos avarentos servindo como armadilha do ódio. Contudo, ouro algum se via nas mãos dos sábios.

Ao ver todas essas cenas, lamentei de dor: "Ó filha de Zeus, esta é mesmo a Terra? Este é o ser humano?".

Com a voz suave e angustiada, ela respondeu: "O que você vê é a vereda da alma, pavimentada de pedras pontiagudas e forrada de espinhos. Esta é apenas a sombra do homem. Esta é a noite. Mas espere, pois a manhã logo chegará!".

Em seguida, com a mão delicada ela cobriu meus olhos e, ao retirá-la, eis que lá estava a juventude caminhando devagar ao meu lado, enquanto, à nossa frente, nos guiando, marchava a esperança.

18
Ressurreição

Ontem, minha amada, eu me achava um tanto sozinho no mundo, e minha solidão era tão implacável quanto a morte. Eu era como a flor que cresce à sombra de um rochedo, de cuja existência a vida não tem consciência e que não tem consciência da vida.

Hoje, porém, minha alma despertou e vi você ao meu lado. Levantei-me e me alegrei; então, me ajoelhei em reverência e adoração diante de ti.

Ontem, o toque da brisa alegre parecia rude, minha amada, e os raios de sol pareciam enfraquecidos, uma névoa encobria a face da Terra e as ondas do oceano rugiam como uma tempestade.

Olhei ao redor, e nada vi senão meu próprio sofrimento ao meu lado, enquanto os fantasmas das trevas subiam e desciam em torno de mim como abutres famintos.

Hoje, contudo, a natureza é banhada pela luz, o rugido das ondas se acalmou e a névoa foi dispersada. Para onde quer que eu olhe, vejo os segredos da vida abertos diante de mim.

Ontem fui uma palavra silenciosa no coração da noite; hoje sou uma canção nos lábios do tempo.

Tudo isso aconteceu num momento e nasceu de um olhar, uma palavra, um suspiro e um beijo.

Aquele momento, minha amada, combinou a disposição passada de minha alma com a esperança no futuro de meu coração. Foi como uma rosa branca que brota do seio da terra para a luz do dia.

Aquele instante foi para a minha vida o que o nascimento de Cristo tem sido para o tempo dos homens, pois estava repleto de amor e bondade. Transformou as trevas em luz, a tristeza em alegria e o desespero em bem-aventurança.

Amada, as chamas do amor descem do céu sob diversos aspectos e formas, mas sua impressão no mundo é uma só. A pequena chama que ilumina o coração humano é como uma tocha ardente que desce do céu para clarear os caminhos da humanidade.

Em uma alma estão contidos os sentimentos e as esperanças de toda a humanidade.

Os judeus, minha amada, aguardavam a vinda de um messias, que lhes havia sido prometido e que os libertaria da escravidão.

A grande alma do mundo percebeu que a adoração de Júpiter e Minerva não mais valia, uma vez que o coração sedento dos homens não podia ser saciado com aquele vinho.

Em Roma, os homens meditavam sobre a divindade de Apolo, um deus sem piedade, e sobre a beleza de Vênus, já em decadência.

No fundo de seus corações, embora ainda não o compreendessem, essas nações tinham fome e sede do ensinamento supremo que transcenderia qualquer outro a ser encontrado na Terra. Ansiavam pela liberdade do espírito que ensinaria o ser humano a se alegrar com seu semelhante diante da luz do sol e da maravilha de viver. É essa apreciada liberdade que aproxima o homem do invisível, do qual ele pode se aproximar sem medo ou vergonha.

Tudo isso aconteceu há dois mil anos, minha amada, quando os desejos do coração pairavam em torno do que é visível, temerosos de se aproximar do espírito eterno – enquanto Pan, o senhor das florestas, atemorizava o coração dos pastores, e Baal, o senhor do sol, pressionava com as mãos impiedosas dos sacerdotes as almas dos pobres e humildes.

Em certa noite, em certa hora, em certo momento do tempo, os lábios do espírito se entreabriram e pronunciaram a palavra sagrada "vida", que se fez carne na forma de um menino adormecido no colo de uma virgem, num estábulo onde os pastores guardavam seus rebanhos contra o ataque de feras noturnas e observavam admirados aquela humilde criança que dormia na manjedoura.

O rei menino, envolto nas vestes ordinárias de sua mãe, se sentou num trono de corações oprimidos e almas famintas e, por meio de sua humildade, arrancou o cetro do poder das mãos de Júpiter e o entregou ao pobre pastor que guardava seu rebanho.

De Minerva, ele pegou a sabedoria e a colocou no coração de um pobre pescador que estava remedando sua rede.

De Apolo, extraiu a alegria através de suas próprias tristezas e a concedeu ao pedinte de coração partido na beira da estrada.

De Vênus, tomou a beleza e a derramou na alma da mulher decadente que tremia diante de seu cruel opressor.

Destronou Baal e colocou em seu lugar o humilde lavrador que semeou e lavrou o solo com o suor de sua face.

Amada, não era minha alma ontem como as tribos de Israel? Não esperei no silêncio da noite pela vinda de meu salvador para me libertar da escravidão e dos males do tempo? Não padeci a sede profunda e a fome do espírito como aquelas nações do passado? Não caminhei pela estrada da vida como uma criança perdida em algum deserto e não foi minha vida como uma semente lançada sobre a pedra, que nenhum pássaro buscaria nem as intempéries romperiam para que ela germinasse?

Tudo isso aconteceu ontem, minha amada, quando meus sonhos rastejavam na escuridão e temiam a aproximação do dia.

Tudo isso aconteceu quando a tristeza rasgava meu coração, e a esperança se esforçava para consertá-lo.

Em certa noite, em certa hora, em certo momento do tempo, o espírito desceu do centro do círculo da luz divina e olhou para mim com os olhos do coração. O amor nasceu daquele olhar e encontrou morada em minha alma.

Esse grande amor, envolto nos trajes de meus sentimentos, transformou a tristeza em alegria, o desespero em felicidade e a solidão em paraíso.

O amor, o grande rei, restaurou a vida ao meu eu finado, devolveu a luz aos meus olhos ofuscados pelas lágrimas, ergueu-me do poço do desespero ao reino celestial da esperança. Por certo, todos os meus dias foram como noites, minha amada. Eis que a aurora surgiu, e tão logo o sol nascerá. O alento do menino Jesus ocupou o firmamento e se misturou ao éter. A vida, outrora farta de infortúnio, agora transborda de alegria, pois os braços do Menino me envolvem e abraçam minha alma.

Título original: *The Voice of the Master*
Publicado em 1958 pela Citadel Press, a partir da tradução
do árabe para o inglês feita por Anthony R. Ferris.

Copyright desta edição © Ajna Editora, 2023.
Todos os direitos reservados. Nenhuma parte desta obra
poderá ser reproduzida ou transmitida de qualquer
forma ou por quaisquer meios, eletrônicos ou mecânicos,
incluindo fotocópia, gravação ou qualquer sistema de
armazenamento e recuperação de informações, sem a
permissão por escrito dos editores.

*Grafia conforme o novo Acordo Ortográfico da
Língua Portuguesa.*

EDITORES Lilian Dionysia e Giovani das Graças
TRADUÇÃO Mariana Mesquita Santana
PREPARAÇÃO Lucimara Leal
REVISÃO Heloisa Spaulonsi Dionysia
CAPA Tereza Bettinardi e Lucas D'Ascenção [assistente]
DIAGRAMAÇÃO Estúdio Insólito
ILUSTRAÇÕES Wagner Willian

2023
Todos os direitos desta edição
reservados à AJNA EDITORA LTDA.
ajnaeditora.com.br

Dados Internacionais de Catalogação na Publicação (CIP)
(Câmara Brasileira do Livro, SP, Brasil)

Gibran, Khalil, 1883-1931.
A voz do mestre / Khalil Gibran; tradução: Mariana Mesquita Santana
– 1ª edição – São Paulo: Ajna Editora, 2023.

Título original: The Voice of the Master
ISBN 978-65-89732-18-1

1. Espiritualidade 2. Ficção libanesa I. Título

23-157768   CDD–L892.7

Índices para catálogo sistemático:
Ficção: Literatura libanesa L892.7

Primeira edição [2023]

Esta obra foi composta
em Chiswick Text e impressa
pela Ipsis para a Ajna Editora.